四平調

向明

總序　二〇二三，挖深織廣

李瑞騰

一些寫詩的人集結成為一個團體，是為「詩社」。「一些」是多少？沒有一個地方有規範；寫詩的人簡稱「詩人」，沒有證照，當然更不是一種職業；集結是一個什麼樣的概念？通常是有人起心動念，時機成熟就發起了，找一些朋友來參加，他們之間或有情誼，也可能理念相近，可以互相切磋詩藝，有時聚會聊天，東家長西家短的，然後他們可能會想辦一份詩刊，作為公共平臺，發表詩或者關於詩的意見，也開放給非社員投稿；看不順眼，或聽不下去，就可能論爭，有單挑，有打群架，總之熱鬧滾滾。

作為一個團體，詩社可能會有組織章程、同仁公約等，但也可能什麼都沒有，很多事說說也就決定了。因此就有人說，這是剛性的，那是柔性的；依我看，詩人的團體，都是柔性的，當然程度是會有所差別的。

「臺灣詩學季刊雜誌社」看起來是「雜誌社」，但其實是「詩社」，一開始辦了一個詩刊《臺灣詩學季刊》（出版了40期），後來多發展出《吹鼓吹詩論壇》（已出版54期），原來的那個季刊就轉型成《臺灣詩學學刊》（已出版42期）。我曾說，這「一社兩刊」的形態，在臺灣是沒有過的；這幾年，又致力於圖書出版，包括同仁詩集、選集、截句系列、詩論叢等，去年又增設「臺灣詩學散文詩叢」。迄今為止總計已出版超過百本了。

根據白靈提供的資料，二〇二三年臺灣詩學季刊雜誌社在秀威有六本書出版（另有蘇紹連主編的吹鼓吹詩人叢書六本），包括截句詩系、同仁詩叢、臺灣詩學論叢、散文詩叢等，略述如下：

本社推行截句有年，已往境外擴展，往更年輕的世代扎根，也更日常化、生活化了。今年只有一本白靈編的《轉身：2022～2023臉書截句選》，我們很難視此為由盛轉衰，從詩社詩刊推動詩運的角度，這很正常，二〇二〇年起推動散文詩，已有一些成果。

「散文詩」既非詩化散文，也不是散文化的詩，它將散文和詩融裁成體，一般來說，以事為主體，人物動作構成詩意流動，極難界定。這兩三年，臺灣詩學季刊除鼓勵散文詩創作以外，特重解讀、批評和系統理論的建立，如去年出版寧靜海和漫魚主編《波特萊爾，你做了什麼？——臺灣詩學散文詩選》、陳政彥《七情七縱——臺灣詩學散文詩解讀》、孟樊《用散文打拍子》三書，提供詩壇和學界參考；今年，臺灣詩學散文詩叢有同仁蘇家立和王羅蜜多的個集《前程》和《漂流的霧派》，個人散文詩集如蘇紹連《驚心散文詩》（一九九〇年）者，在臺灣並不多見，值得觀察。

「同仁詩叢」表面上只有向明《四平調》一本，但前述個人散文詩集其實亦可納入；此外，同仁詩集也有在他家出版的，像靈歌就剛在時報文化出版《前往時間的傷口》（二〇二三年七月）、展元文創出版李飛鵬《那門裏的悲傷——李飛鵬醫師詩圖集之二》（二〇二三年五月）、聯合文學出版楊宗翰的《隱於詩》（二〇二三年四月）、九歌出版林宇軒《心術》（二〇二三年九月）及漫漁《夢的截圖》（二〇二三年十月），以及蕭蕭、蘇紹連、白靈在爾雅出版的三本新世紀詩選……等。向明已逾九旬，老當益壯，迄今猶活躍於網路社群，「四平調」實為「四行詩集」，含不盡之意見於言外。

「臺灣詩學論叢」有二本：蔡知臻《「臺灣詩學．吹鼓吹詩論壇」研究：詩人群體、網路傳播與企劃編輯》和陳仲義《臺灣現代詩交響——臺灣重點詩人論》。知臻在臺師大國文系的碩博士論文都研究臺灣現代詩，他勤於論述，專業形象鮮明，在臺灣詩學領域新一代的論者中，特值得期待；我看過他討論過「臺灣詩學・吹鼓吹詩論壇」的「企劃活動執行」、「出版及內容」，史料紮實、論述力強，此專著從詩社和詩刊角度入手，為現代新詩傳播的個案研究，有學術和實務雙重價值。

住在廈門鼓浪嶼的詩人教授陳仲義是我們的好友，他學殖深厚，兼通兩岸現代詩學，析論臺灣現代詩一直都很客觀到味，本書為臺灣十九位有代表性的詩人論，陳氏以饒沛的學養提供了兩岸現代詩學與美學豐富的啟迪與借鑑，所論都是重點，特值得我們參考。

詩之為藝，語言是關鍵，從里巷歌謠之俚俗與迴環復沓，到講究聲律的「欲使宮羽相變，低昂互節，若前有浮聲，則後須切響」（《宋書・謝靈運傳論》），是詩人的素養和能力；一旦集結成社，團隊的力量就必須出來，至於把力量放在哪裡？怎麼去運作？共識很重要，那正是集體的智慧。

臺灣詩學季刊社將不忘初心，不執著於一端，在應行可行之事務上，全力以赴；同仁不論寫詩論詩，都將挖深織廣，於臺灣現代新詩之沃土上努力經之營之。

代序　我的一些臭毛病

一輩子不印名片，不印履歷表，在沙上寫詩，免去紙本消費。

二十年來天不洗腳，不揩屁股，比爛蘋果更臭，符合席勒所說此乃靈感最佳來源。

三伏天不開電風扇，更別說冷氣。汗流浹背，正好全身作脫水乾洗。純為響應節省能源。

四季都只唱最簡單四平八穩的歌，藏身青山綠水間，以風景果腹。

五根手指指著地練減肥，另五指指天發誓再也不沾葷腥。

六親不認，不求聞達，不裝電話和對講機，故意不懂電腦。

七七四十九天純齋供，不燒紙錢，不燃香燭，對好兄弟說抱歉。

八八六十四卦，無卦不凶，閉門思過，舟車也趁此不再發動。

九條好漢上梁山，唯詩人缺席，藉口不勞動筋骨，浪費體力。

十方信眾都奉詩人為減炭楷模，環保單位懇請總統明令表揚。

二〇二三年七月二十八日

目次

目次

四行對

陽是陰的孿生兄妹
明是暗的反骨親戚

顆顆子彈都命中對方眼窩
粒粒糖果全甜在自己心裡

女詩引之一

向明・四平調

林泠的《在植物與幽靈之間》
零雨居然找出《恐海的顏色》
在愛羅複渺的《孵夢森林》裡
至卿享有一片《剩餘的天空》

註：本詩均為各女詩人詩集標題，戲將之串聯成一首詩賀歲！

女詩引之二

秀喜阿姆以《覆葉》道無盡心酸
青鳥曾斷言《這一站不到神話》
江文瑜見《佛陀在貓瞳種下玫瑰》
越戰時尹玲多盼《一隻白鴿飛過》

註：以上均為資深女詩人的重要作品。

向明・四平調

完稿之後

卸掉滿滿墜下的秋日
便感覺身輕如燕了
然而終究只是一棵樹
怎麼樣也飛不起來

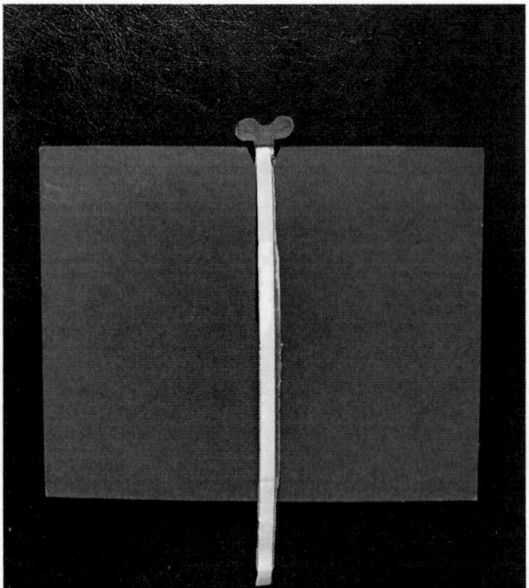

數碼潮

突然一組數位在呼叫
不知是誰的電話號碼
這年頭要記的數碼太多
銀行的存款卻江河日下

向明・四平調

冷靜

古舊空曠的一方冷靜
我所希罕的一種恬適
即使那裡會一無所有
也才是活得最最充實

距離

深而遠的距離必定是天堂？
不一定！
往往只在心的不停跳動時
中間那麼一小丁點的間隙

轉型

向明・四平調

為了什麼鳥轉型正義
我也把餵食家禽的時間
做了不定期調整，免得那些
白吃白喝的麻雀按時準點到臨

汪洋

華山頂上的一株古松
踮起腳跟在打聽
所謂的一片汪洋究竟在哪裡？
我只要有一瓢飲。

真不想

向明・四平調

真不想要你甜得肥膩
或一塊方糖溶化我於無形
就讓苦澀酸辣刺激一下吧！
免得成了痲木不堪的植物人

與楊風金君共賞芒花

拂逆佛學大師三年來的邀約
終於去九份作一次賞芒之行
芒草每年遍山遍野的容光煥發
只有我越來越老的枯槁散亂髮型

影子

向明・四平調

看來，你真沒什麼特別之處
只是有一副慣於躲閃的身形
最大的能耐可能是
常常嚇壞那些慣於跟屁的蟲蟲

我們這兒下雨

我們這兒下雨
有些欲哭無淚的樣子
不用問我怎樣躲閃
菌類習慣這樣尷尬地度日

向明・四平調

過敏

總有無事生非的鳥事擾人
蝴蝶採集花粉我必涕淚交流
風疹塊是內分泌在作亂橫行
殘軀與過敏源一直苦鬥不停

成名

成名的問題說大不大
就汲汲追求名利的詩人言
僅僅只要有或好或壞的一小句
死後還被記得，便可名垂千古

夢見周公

向明・四平調

難得再見到你又對我苦笑
好像很難啟齒地在說
天堂雖較清淨適合修行
仍難捨塵世的許多因緣未了

看鐘

時間是兩隻瘦瘦的腳
在繞著圈子拚命追趕
這一場較勁分秒必爭
心臟喘著說追上實在難

旁門

向明・四平調

天生乃廢品偏又逢辰
成天喊高貴卻裝飾不了廟堂
更別想成棟樑供奉公卿
一腳踏進詩這偏狹旁門

詩者詩也

要寫便得有自己的血絲
總之不寫便罷！
詩也不該是烏鴉報喪的和聲
詩不應只是別人吐血的撿食

遠方

向明・四平調

雲底下——
是誰把巨塊磁石放在極目呢
而我們這些沙粒中細微的鐵屑
乃循著不可扭曲的方向

一隻蝴蝶在祈禱

就算秋風將風景折損已光
只剩得最後你這一朵展放
我也會依舊繞著不停撲翅
誰憐憫容顏易毀風華星散

向明・四平調

書名藏頭詩

我已把自己潛入真空
為了求證自身的比重
詩已不能為我增添什麼
狂放也許能使指數上升

自註：《我為詩狂》為詩話集書名，二〇〇五年一月，三民出版。

天下

風停靠，雨逗留
太陽從雲上經過
眼下烏漆抹黑一片
什麼也懶得說走了

向明・四平調

健忘

那扇門分明已經上鎖
鑰匙卻不知流浪何方
撒旦說這本不足為奇
上帝常常也會這樣

空地

多想有那麼一處所在
那兒寸草不生
空曠得藏不住一隻鳥蹤
在那裡才真旁若無人

多元

向明・四平調

進入顛覆解構後現代
但肯尋思處處有詩材
無數單丸小同溫層取暖
卿卿我我形成詩的多元

燈下讀詩

危險！在透亮燈光下
不用鑿壁偷光去看詩
那僅值幾毫子薄情思
便會裸露得看到私處

向明・四平調

某類生物

仍活在六朝
人不免會有怪談
一旁正夯的AI說
化石乃天雷震不醒智障

疤

一場失血留存的記憶
便於隨時在提醒
刀刃在入骨時
會有多麼錐心的一吻

秋景

向明・四平調

藏在密林中蕭瑟聲音
何用費神去找尋
飛到肩頭上那枚黃葉
便是它走失的前身

陣雨

一陣嚎啕大哭之後
雷吼也未必怒氣全消
徒有每日必詩的騷人
才會趁機淚酸它幾行

短詩

向明・四平調

詩已經精簡得夠短了
短如螞蟻邁出的步伐
多想去參加國際競賽
不知經不經得起顯微放大

彈指

新詩百年已震天價響
不是說百年如彈指嗎
彈指之間
哪能有什麼耐久的呈現

向明・四平調

竹要說話

狂風你會將我攔腰一截嗎
這將是令我最傷的一件事
因為從此
我將不再正直

向葡萄喊話

你就那麼圓鼓鼓的好嗎？
你就那麼紫水晶的好嗎？
你就那麼甜又酸的好嗎？
切莫把自己弄得乾癟癟的好不好？

向明・四平調

雨的下場

簾外雨潺潺
大珠小珠落玉盤
流成簷前陰溝水
有誰掬捧，誰敢一嘗？

詩觀想

詩如屠宰
須從要害切入
非如捫蚤
僅在表皮上抓癢

向明・四平調

一隻小螞蟻說

一隻小螞蟻說
世界再大
也要留點空間
給別人

歡喜

燈熄之後寂靜乘勢排山倒海
漆黑的眼前卻突然亮了起來
啊，是了。無數桎梏的火種
也在待機釋放出歡喜的能量

眉睫

向明・四平調

夾在兩指間的那根寶島
已因過癮的吸吐
只剩快燒到指尖的煙蒂了
唉！管它離眉睫尚遠！

自註：試作漢俳一則，「寶島」係一種國產香煙品牌。

隨手拾得（一）

不知道當如何感恩圖報
每次從雲端掉下來時
總有一位天使或天尊接住
毫髮未少地活到如今時日

向明・四平調

隨手拾得（二）

那一身標示正典的裝束
就像不時必患的蕁麻疹
全是難以招架的過敏源
有時周身紅腫或奇癢難當

隨手拾得（三）

整條街的書店都關門了
門口已經少有人蹤
那裡多少也有我寫的一些書呵
唉！我那些可憐失怙的童稚

向明・四平調

隨手拾得（四）

知道你有權保有好多好多
剩除的福祉或者天空
能夠施捨給我一點點嗎？
我是那個追你而跌倒的老婦人

隨手拾得（五）

筆端有雷鳴的憤怒震響
老兀鷹情急在山前繞圈亂飛
似乎都折損不了權勢的傲慢
大家苦等河清海晏

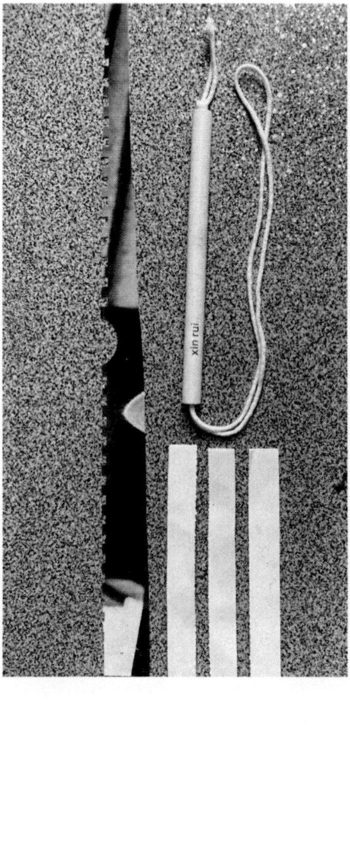

鋼琴

向明・四平調

就是要有人點我 一下兩下三下
天雨般地瘋狂傾洩而下
這旁若無人的空間
便是我大聲公君臨天下了

日照

日照的光景令人激動
就像我這名字的向明
也像我這五樓的住處
陽光搜查得一覽無遺

向明・四平調

小數點

要小就小到底！
最好縮成小數點後的少數
就會早早四捨五入掉
就不會有誰 care 了！

便利帖（一）

一直穿著它遊走四方
鞋梆子顯已腳趾外露
底下皮層也磨穿見肉
真上下一體窮愁共渡

向明・四平調

便利帖（二）

四處都在不斷撕咬狠打
誰也不知到底仇恨何家
鬥雞鬥狗和烏克蘭纏鬥
不都全係強權唆使弄耍

便利帖（三）

常常必須不斷縱身疾走
恍惚身後跟有不斷陰謀
或者魑魎魅魎窺視兩側
其實心如響鼓才是徵候

向明・四平調

便利帖（四）

避疫高閣五樓中
讀書習字看青空
寡欲清心本無事
偏傳醜女鬧新聞

方便四行（一）

不斷憂傷淋濕了
寂寞無助的文字
詩便常在紙上哭成一團
寫那幾行不見得就幸福

向明・四平調

方便四行（二）

突然一組數字在呼叫
不知是誰的電話號碼
這年頭要記的數碼太多
銀行的存款卻江河日下

方便四行（三）

成詩的衝動並未稍歇
發表園地卻日漸枯竭
好在寫詩並不是職業
自我成長修行也值得

向明・四平調

便利帖（五）

記得當年奮走戈壁沙漠
站在四顧無邊沙粒中心
彷彿已是天下獨尊的主
其實遜於任何不識之無

便利帖（六）

你若問我那有香氣的花
開滿最後結果會是怎樣
我只能快樂地告訴大家
將化作春泥又護出花香

向明・四平調

便利四行

你若問我寫詩的原因
敝人告訴你無甚高論
就像身上的各種排洩
一觸便會有幾行暴衝

便利帖（七）

猶記少時砲火蓋天
零式飛機當頭掃射
命若浮絲隨時可斷
仇恨因何不解難忘

註：零式飛機為日本侵華最新的一種戰鬥機。

向明・四平調

便利帖（八）

都說現代詩寫得亂如麻
應該畫中有詩詩中有畫
可你們寫得全在亂塗鴉
畫具詩意詩有畫情較佳

隨心帖（一）

重陽老友歡聚一堂
歸天故舊缺席遺憾
然這麼紊亂的陽世
要如何才不會傷感

後記：台北文訊雜誌社，今年仍於十月四日，舉辦第三十四居「九九重陽・文藝雅集」活動，在疫症未絕之下，近三百位作家、藝術家仍欣然畢至，至為難得。然究竟仍有很多老友已經永遠不能來參加了，令人傷感！

向明・四平調

隨心帖（二）

四野常有奮不顧身追殺
到底是什麼仇恨下使然
難道不怕獵人乘機擄獲
不過幾根美麗翎毛誘惑

隨心帖（三）

十五的月亮圓似明鏡
近我五樓的窗口找人
已經八十有餘老妻說
嫦娥早已非昔日青春

向明・四平調

隨心帖（四）

知否？影子恨得牙癢癢的
為啥它只能跟在我後面
而它自己從來也不自覺
一步一趨的跟蹤多討厭

隨意帖

陳年紹興香且醇
到此遊子何有幸
茴香豆中剝乾坤
遠來且作咸亨人

附記：民國九十年秋，曾受老友辛鬱邀赴他家鄉浙江紹興，訪據聞魯迅曾經營的咸亨酒店。

向明・四平調

隨身帖

BOQ前PECAN樹
松鼠上下忙如織
每羨胡桃墜地聲
惟願詩思若如此

附記：一九六〇年冬負笈美國南方密西西比州習技，住美國軍方安排的BOQ（bachelor officers quarter單身軍官宿舍），門前庭院有碩大的胡桃（pecan）樹數株，不時有松鼠攀爬，胡桃掉落滿地。詩若如此容易拾得就好了，我想了一輩子。

隨想帖

斯人獨憔悴
司命不唯新
獅吼難招架
詩者無知音

心情帖

向明・四平調

常站在屋對面橫跨電線上
那一整排嘰嘰喳喳小麻雀
一到多雨的深秋便不見了
好想念他們不知那兒躲藏

虛心帖

走近大海怒濤洶湧
常有被吞沒的恐慌
其實某乃虛弱浪子
誰有興趣對蟻逞強

後視帖

向明・四平調

夢遊有最寬闊的視野
雄辯有最無稽的扯談
調查有最美麗的虛構
揭發有最難得的情傷

隨心帖（五）

盤旋繞飛的兀鷹一直納悶
翅翼下的山為何氣定神閒
細聲的山泉說剛才它問過
眼底萬象足夠山不虛此生

隨感帖

向明・四平調

誰都可以在我身上自由來去
有滑溜的歲月和無情的風雨
當然還有不少腐蝕靈魂蟲子
其實都在考驗我是否還堅實

現況帖

滿園春色繁花似錦突抓狂
家裡有了野心勃勃異想男
兵荒馬亂犬吠雞飛且不說
偏有遠方惡鄰來挑撥離間

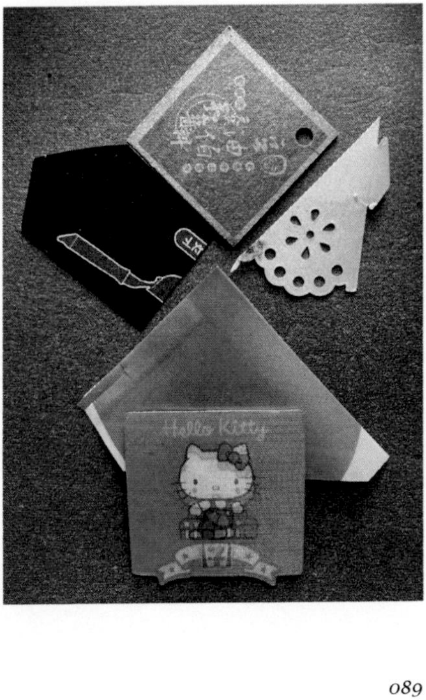

遂意帖

向明・四平調

一隻紙鳶高傲俯視在天之上
卻被線掌控不能夠逍遙自由
而且是因風起舞不算是飛翔
有翅翼的雀鳥從不與它較量

江湖帖

長江黃河已經是偏遠地貌
洞庭湖水也只能夢中浮游
祖先留給我們千山和萬水
而今只剩偏見空想與苦愁

順心帖

向明・四平調

不知多久才會被天使發現
不知哪個雨天將有人共傘
不知要多智慧始能得天真
不知啟發多久才良心重見

即興帖

滿天飛的全是可愛的雀鳥麼
非也！阿難大聲的說出真相
還有你深信不疑的瞞天大謊
更多要取你首級的砲彈飛彈

向明・四平調

隨心帖（六）

對一落難的友人好心伸出援手
他扭過頭去狠狠地說別假惺惺
見一隻流浪犬走近我給牠麵包
牠搖搖尾巴接下像要謝我一聲

心情帖

太陽又在霜降後隱藏自己了
天空一直有大片烏雲在鎮壓
我們也像烏克蘭樣愁雲慘霧
全都陷入無從預料碩大恐慌

向明・四平調

失真帖

顯然某一微形開關已失靈
或一處電子過渡時間失準
這整部處理萬象的大機器
安全參數已失控無人敢問

註：本文所指「電子過渡時間」及「安全參數」，即指電氣設備如負荷過重，造成電流量大增，超過制定的安全參數，至使得保險絲燒斷，或過熱使電路短路，造成火災危險。

明辨帖

孩子們追逐嬉戲歡樂的廣場
父老們跳廣場舞強身的廣場
公民社會選舉造勢集會廣場
最後都進入向霸道抗議廣場

省視帖

向明・四平調

椰子樹許自己高聳一枝獨秀
百靈鳥稱它的歌聲一鳴驚人
寫詩者常自稱詩作獨一無二
獨裁者奢想將自己比過超人

行路帖

已經走了很多很多路了
眼看就會走到不遠盡頭
你若問我為啥仍在踏步
我說路仍在延伸往前走

向明・四平調

深度帖

海的深度波浪知道
井的深度井索知道
一首詩的深度，讀的人知道
一整本書的深度，說不定
詩人自己也不知道

天光帖

北來冷高壓頂至
台島烏雲還復來
秋高氣爽無福享
但盼冬日放晴天

門之帖

向明・四平調

種子的兩扇綠扉總開向風雨
只有可憐盆景貪圖室內優遇
關不住的是當歌鳥輕啄銅環
忍不住的將有凍雪封門入戶

迎晴帖

日昨才咒冷高頻壓頂
拯救雨災陽光快點來
老天終究慈悲人間世
今天終現溫暖豔陽天

自省帖

向明・四平調

我對我那淚淋淋的詩兒女說
嘔心瀝血把你們從筆端生出
祝福你們自己找到愛你的人
如果不幸被棄那也是我不幸

策勵帖

最好吃的美食淺嘗即止
最好聽的恭維權當鼓勵
最恐怖的災難頻唸心經
最應做到切勿急功近利

怨聲帖

向明・四平調

有的在埋怨像網欲燒木柴
有的在慶幸如鳥兒在飛翔
爾若問高齡若此有何感想
豈敢說籠中白鼠頻作實驗

感時帖

走在街沿一片落葉突然撞上
就像老友前來找我撫肩談天
我說你這一年生滅的嫩小子
頂多和我一根白髮打個照面

向明・四平調

尋己帖

一大把人在努力尋找自己
自己的重要現時如此緊急
把自己何時丟掉都不知道
怪不得騙子會瘋狂地猖獗

時事帖

昨天一個七十多歲美國老頭
堆滿笑臉小跑步的在舞台上
去和一個氣定神閒中國壯男
巴結式的握手，看出一葉知秋

向明・四平調

流行帖

小時候也曾留過小巧髮辮
至今好像仍頂在頭上神情
早就非留髮不留頭封建了
也想剃髮一小塊裝作憤青

正音帖

山豬不知撿到啥大叫好吃好吃
瞎子聽了奇怪的問是什麼好詩
是唐詩是宋詞或者後現代嘻哈
野豬才不管這些反正好吃就吃

驚心帖

向明・四平調

走入一潭泥淖將難以自拔
掉入一處深淵高攀會很難
捲入一場風暴須自我清點
迷路一處密林先認清方向

我寫《四平調》的初衷

早年我開始寫詩的時候是一個「五霸強，七雄出」的戰國時代；老一輩的有四〇年代初在中國大陸即已寫詩的紀弦、覃子豪和鍾鼎文，中期則在台灣出現了由老一輩帶領要學西方自波特來爾以降一切新興詩派的「現代詩社」。承繼中國詩抒情傳統的「藍星詩社」和以「超現實主義」為號召的「創世紀」詩社。各有一批英勇好漢在縱橫詩壇，都具不可一世的氣勢。

我則側身在藍星詩社，承繼藍星以抒情傳統寫詩的宗旨，寫我自已出自生活感受的詩。不敢高蹈，也不願跟風求異，一直在虛心的追求詩的真諦。但仍有不了解我的詩友，每每不屑似的說：「向明的詩『只會四平八穩』沒有什麼可看！」

我對這種評價倒並不特別介意，倒反覺得如果大家寫詩都懂得四平八穩的拿捏，不去故意的求新求變，造成大家對詩人的誤解，以至於詩的出版品都成了票房毒藥，無人問津，反倒是件幸事！

按「四平調」本係中國各類民間戲曲中最通俗傳唱的一個調門，像京劇「游龍戲鳳」的唱腔都是以四平調唱出，一直廣受歡迎。我這本詩集中的詩都是四行構成，我想借用這個調門作書名應也很適切。另外附了一些我自創的廢棄物拼貼圖案，覃子豪老師曾說：「詩是一種未知的發現。」托爾斯泰曾言：「詩不全來自感性，而靠豐富的想像力。」我做的這些無名圖案應該可以刺激一些新鮮想像的產生，對詩的創作而言，一定利莫大焉！這是我的荒唐夢想！

2023/9/9

BOD Books on Demand

語言文學類　PG3010　台灣詩學同仁詩叢11

四平調

作　　者／向　明
責任編輯／陳彥儒
圖文排版／黃莉珊
封面設計／魏振庭

發 行 人／宋政坤
法律顧問／毛國樑　律師
出版發行／秀威資訊科技股份有限公司
114台北市內湖區瑞光路76巷65號1樓
電話：+886-2-2796-3638　傳真：+886-2-2796-1377
http://www.showwe.com.tw
劃撥帳號／19563868　戶名：秀威資訊科技股份有限公司
讀者服務信箱：service@showwe.com.tw
展售門市／國家書店（松江門市）
104台北市中山區松江路209號1樓
電話：+886-2-2518-0207　傳真：+886-2-2518-0778
網路訂購／秀威網路書店：https://store.showwe.tw
國家網路書店：https://www.govbooks.com.tw

2023年12月　BOD一版
定價：220元

讀者回函卡

國家圖書館出版品預行編目

四平調 / 向明著. -- 一版. -- 臺北市 : 秀威資訊科技股份有限公司, 2023.12
面； 公分. -- (語言文學類 ; PG3010)(台灣詩學同仁詩叢 ; 11)
BOD版
ISBN 978-626-7346-43-3(平裝)

863.51 112019695